AF603225

HUGUES REBELL

Le Culte des Idoles

TAINE OU L'INTELLIGENCE MODERNE

M. DE GONCOURT OU L'ATTENTE DES SENSATIONS RARES

GUSTAVE FLAUBERT OU L'ARTISTE IMPECCABLE

LE NIETZSCHISME

JACQUES BERNARD
"LA CENTAINE"
157, BOULEVARD SAINT-GERMAIN, 157
PARIS-VIe

TIRAGE LIMITÉ A
1.000 EXEMPLAIRES SUR ALFA SATINÉ, SAVOIR :

985 NUMÉROTÉS DE 1 A 985
ET 15 HORS COMMERCE MARQUÉS H. C.

EXEMPLAIRE N° 124

LE CULTE DES IDOLES

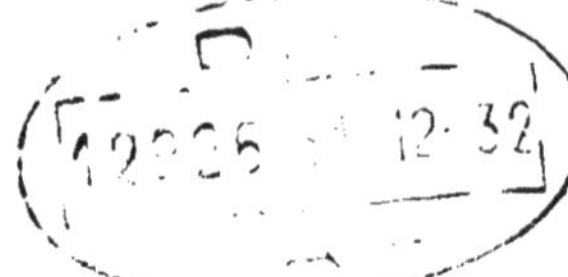

HUGUES REBELL

—

Le Culte des Idoles

TAINE OU L'INTELLIGENCE MODERNE

M. DE GONCOURT OU L'ATTENTE DES SENSATIONS RARES

GUSTAVE FLAUBERT OU L'ARTISTE IMPECCABLE

LE NIETZSCHISME

JACQUES BERNARD
"LA CENTAINE"
157, BOULEVARD SAINT-GERMAIN, 157
PARIS-VIe

INTRODUCTION

Apothéoses tardives et enterrements prématurés, *c'est le sous-titre qu'Hugues Rebell donna à son esquisse inachevée d'une* Histoire de l'Esprit français. *On pense à lui, dont l'enterrement fut prématuré et l'apothéose tarde à luire.*

Il n'a pas, comme romancier, la place qui lui revient, moins encore comme critique. Seuls, quelques lettrés se souviennent, pour les louer, des Inspiratrices de Balzac, Stendhal et Mérimée, *portraits sympathiques et si vivants qu'on les croirait croqués d'après nature.*

Ses chroniques du Soleil *viennent d'être recueillies en volume* (1), *et voici le* Culte des Idoles, *quatre*

(1) Hugues REBELL, : *Chants de la Patrie et de l'Exil. Histoire de l'Esprit Français. Chroniques du « Soleil »*; Cahiers d'Occident, N° 7, Paris. F. Sant'Andréa. éd.

portraits-charges qu'il se proposait de publier en 1902, *qui ne parurent jamais ailleurs qu'à la* Plume.

Ce double hommage que mérite si bien sa mémoire contribuera peut-être à mettre en lumière son génie qui fut et reste méconnu.

Hugues Rebell fut un critique érudit, fin et passionné. Dédaignant les grâces feintes et la futile ironie, il ne se souciait pas de plaire à ceux qui lui déplaisaient. Il ne ménageait pas leurs susceptibilités et ne flattait point leurs goûts. Il cherchait à élever vers lui les lecteurs et non à s'abaisser jusqu'à eux. Ce qu'il se proposait, c'était moins de convaincre que d'exprimer nettement, avec force, sa pensée.

Nullement disposé aux concessions et aux complaisances, il lui répugnait de rester neutre. Les livres l'irritaient ou l'enchantaient, selon qu'ils se rapprochaient ou s'éloignaient de sa conception de l'art et de la vie, qui était celle des grands créateurs de tous les siècles de la Renaissance en particulier.

Plus sensible au fond qu'à la forme d'un ouvrage, il débusquait tout de suite l'adversaire et fonçait dessus avec une superbe violence. Mais jusque dans ses emportements, il ne perdait jamais de vue la raison qui l'inspirait et sous le signe de laquelle il combattait. Ses ennemis étaient ceux du génie français.

Classique de tempérament, en religion aussi bien qu'en politique et en art, il avait horreur du romantisme. A la Plume, *à l'*Ermitage, *à la* Cocarde, *il mena de front une lutte acharnée contre le christianisme, la démocratie et la littérature décadente ou cosmopolite. Il tourna sa colère contre Maeterlinck, ses fantoches de cimetière et de laideur, contre les symbolistes impénitents, pleurards et sibyllins, contre les barbares, slaves ou nordiques, les Tolstoï et les Dostoïevsky, les Ibsen et les Strindberg qui avaient établi le culte de l'imbécile, du fou et de l'anormal.*

« *L'âme de la France, écrivait-il, c'est celle dont des poètes comme Racine et La Fontaine, des peintres comme Fragonard, des écrivains comme Montaigne, Montesquieu, Voltaire ont à jamais exprimé l'idéal. Notre art de penser, notre manière de sentir, de goûter la vie, d'imaginer l'amour, voilà nos trésors les plus chers.* »

C'est la singularité d'Hugues Rebell, que ce contempteur de la morale religieuse et sociale fut un moraliste à rebours, réclamant la liberté des instincts et rêvant d'hommes capables de produire des œuvres viriles. Aristocrate de nature et d'éducation, il devenait anarchiste au milieu de la démocratie égalitaire et voulait détruire l'édifice social pour le reconstruire selon ses plans; adversaire des utopies, il en avait une à proposer, l'union des trois aristocraties *qu'eut réalisée le Tyran beau et fort qu'il appelait dans ses* Chants de la Pluie et du Soleil. *C'est à lui qu'il pensait quand il écrivait : « L'artiste, l'écrivain, le philosophe doivent avoir toutes les facultés plus une : le génie. C'est à ce titre qu'ils exercent vraiment une fonction sainte dans l'humanité. Les grands maîtres de la Renaissance, dont on ne peut assez proposer l'exemple, étaient des hommes d'abord, des artistes ensuite. C'est à notre époque seulement qu'on s'est avisé de nous présenter pour modèle l'être incomplet, l'eunuque, le mutilé, et de nous donner sa maladie comme une qualité. »*

L'idéal d'Hugues Rebell choquait trop de préjugés niais, bousculait trop de petites habitudes, pour recueillir de nombreuses adhésions. On trouvait généralement qu'il écrivait bien, mais qu'il pensait mal. En vérité, Rebell dominait son époque.

AURIANT.

TAINE

OU

L'INTELLIGENCE MODERNE

(1870 — ...?)

Taine ou l'Intelligence moderne (1870... ?)

L'INTELLIGENCE du XIXe siècle n'a rien montré de si inintelligent, de si peu digne d'elle que cette admiration irraisonnée, aveugle, folle pour certains écrivains, si ce n'est la haine, l'indifférence ou le mépris qu'elle a témoigné au génie véritable. Au lendemain de 70, dans l'humiliation de la défaite, les jeunes Français, épouvantés, se demandaient quelles pouvaient être les causes d'un si grand désastre; les uns cherchaient un remède, les autres une consolation.

Personne ne voulait admettre que l'histoire des hommes et des peuples est pleine d'inattendu, et que ces dieux dont l'Italie accompagne ses guerriers, ne sont qu'un symbole poétique d'une force réelle et mystérieuse, adverse ou contraire, qui secourt ou terrasse les êtres. Entre autres niaiseries qui souillèrent l'esprit de la plupart de cette époque, il y eut la croyance à la science et en particulier à la science allemande.

Pour beaucoup de gens qui n'étaient pas tout à fait des imbéciles, la véritable raison de la défaite, c'était l'infériorité des officiers français en géographie !

Alors dans la littérature et dans les arts il y eut une sorte de vénération extraordinaire pour La Science, sorte de divinité vague, que chacun se représentait à sa façon, mais que tous adoraient en commun. Évidemment, la science ne pouvait exercer une telle séduction que sur des gens très ignorants, car c'est le propre du savoir humain lorsqu'il est raisonnable, de voir les limites de son maigre royaume; mais pour cette génération française de la fin de l'Empire, la science était une fatalité tangible, une divinité souverainement bienfaisante, qu'il suffisait de toucher pour être sauvé. Ce fut alors que M. Taine commença son règne. Je ne crois pas qu'il y ait trace dans la pensée moderne française d'une influence pareille. Tandis que le beau livre de Renan, la *Réforme intellectuelle et morale*, si plein de pensées fortes, neuves, lumineuses, est à peu près inconnu des jeunes gens, et n'eut à son apparition qu'un tout petit succès d'estime dans le monde des lettres, l'œuvre de M. Taine est classique, les professeurs la lisent et la commentent, les élèves, non seulement en France, mais en Angleterre, en Italie, en Allemagne, l'étudient; les mondains même la feuillettent, les jeunes gens l'admirent; il y a toute une école historique qui suit sa méthode; Nietzsche ne cache point l'influence que Taine a eue sur lui, et c'est l'un de ses rares contemporains auxquels il fasse grâce; enfin deux romanciers bien différents, mais dont l'action opposée fut presque aussi forte sur les lecteurs cosmopolites, M. Zola et M. Bourget, se font gloire l'un et l'autre d'être ses disciples, fils ennemis d'un même père ! M. Maurice Barrès lui-même ne l'invoque-t-il pas ? Ce qu'il y a de vraiment caractérisrtique, c'est que l'université socialiste, révolutionnaire ou anarchiste réclame M. Taine avec non moins de force que le groupe nationaliste; et, je ne sais pourquoi, les philosophes de la monarchie le mettent à côté de Maistre, qu'il ne pouvait souffrir. Il semble que M. Taine soit de ces hôtes aimables que tout le monde veut avoir sous son toit. C'est l'avocat de tous les partis; ou plutôt c'est l'adversaire de toutes les causes; et si les bibliothèques municipales ont son *Ancien régime*, en revanche les bibliothèques religieuses possèdent sa *Révolution*.

Tel est l'esprit de la science, paraît-il; c'est de n'en point avoir. Avec quel mépris M. Taine, au début de son *Ancien régime*, parle de ces électeurs trop pressés qui savent, si jeunes, le gouvernement qu'ils désirent! En 1849, il ne savait pas réellement ce qu'il était, ni ce qu'il souhaitait d'être. Il se mit à écrire ses *Origines de la France contemporaine* pour faire quelque lumière dans son esprit et celui de ses contemporains. Quarante ans plus tard, au moment de rendre le dernier soupir, il achevait à peine son histoire. Certes il s'était passé beaucoup d'événements depuis 1849; quelques-uns fâcheux, quelques-uns heureux. Il eût mieux valu, sans doute, que la France et que l'humanité attendissent que M. Taine leur révélât comment il fallait vivre. Elles avaient été trop pressées. Il est vrai que si elles eussent attendu en dormant le mot de l'énigme et la règle de la vie, probablement elles dormiraient encore. Quelle est la conclusion de *l'Ancien régime?* que l'ancien régime fut un temps de corruption, de mauvais raisonnements et d'abstractions froides qui devaient préparer la révolution. Quelle est la conclusion de la *Révolution?* que la révolution fut un temps de désordre et d'horreurs qui devait préparer la centralisation à outrance et étouffante du régime moderne. L'auteur a écrit six gros volumes pour faire ces étonnantes découvertes. Il s'est donné beaucoup de mal et on ne peut pas dire qu'il n'en ait donné à ses lecteurs. Déjà il avait écrit ses cinq volumes de la *Littérature anglaise*, et ses deux volumes de la *Philosophie de l'Art*, pour nous prouver par de nombreux exemples qu'un écrivain et qu'un artiste subissent plus ou moins l'influence de la race, du climat et qu'ils peignent ce qu'ils ont sous les yeux. On comprend qu'après un tel travail M. Taine, de dégoût et d'ennui, ait senti le besoin de se faire protestant. Il voulait protester contre des événements et une existence si misérables, et il réclamait le secours de la Grâce pour bien mourir. M. de Heredia la lui apporta en lui apprenant à faire des sonnets parnassiens et le savant put quitter ce monde sans trop de souffrance.

M. Taine a laissé une méthode d'histoire scientifique qui est à retenir. L'historien se place d'abord devant un sujet qu'il connaît vaguement. *Il fait son plan.* Tout l'*Ancien régime* est construit sur une idée fausse exprimée par un mot ridicule, *l'esprit classique*, mot qui désigne la culture, la pensée et l'art si variés de deux siècles ! Cette idée de l'esprit classique, M. Taine l'a eue pour la première fois en écrivant son étude sur Racine, étude qui montre bien à quel point un professeur de lettres peut rester insensible à la poésie, à la beauté et savoir le français sans le comprendre. Mais revenons à ce plan d'histoire scientifique. M. Taine conçoit l'histoire comme Guy de Maupassant concevait le style et les descriptions. Il s'agit de *s'essayer* à voir les choses ou plutôt à les faire voir sous un aspect qui ne soit pas banal. Par exemple, quand vous lisez La Fontaine, lecteur bénévole, vous vous plaisez à voir vivre devant vous cette nature et cette humanité peintes avec tant de franchise et de grâce, vous regardez les hommes, les animaux, les paysages, vous sentez les allusions quand il y en a, et vous ne les cherchez pas, quand il n'y en a point. Mais pour M. Taine une pareille lecture serait indigne d'un grand esprit. M. Taine veut découvrir La Fontaine tout entier de la première à la dernière page. Pour lui, La Fontaine a peint la cour de Louis XIV. Tous ses animaux sont des courtisans; il n'y a pas à s'y tromper, et vous allez le voir ! Je m'amuse que les nationalistes réclament M. Taine comme un esprit français; il me semble qu'un professeur de Tubingen ne procéderait pas autrement; c'est même, je crois, la raison pour laquelle on le goûte si fort à l'étranger. Cependant M. Taine a fait son plan, jeté ses propositions; il faut maintenant qu'il soutienne sa thèse. Alors M. Taine se documente, et sérieusement. C'est là son triomphe. Il a bibliothèques et archives sous sa main, et il va amonceler des textes en quatre, cinq volumes; il n'est jamais fatigué.

Vous direz : « Mais, Monsieur Taine, vous nous citez des témoignages bien suspects, vous mêlez ou plutôt vous fondez et simplifiez étrangement les époques; Diderot, Voltaire, Rousseau ne me semblent pas des êtres tout à fait pareils; la révolution aussi, que je goûte peu, je la vois tout de même infiniment variée, complexe, pleine de luttes contraires. Dans la littérature anglaise, j'admire comme vous Byron, mais je voudrais bien que vous fissiez une petite place à Keats, que Shelley ne vous parût pas être si négligeable, ni Tennyson l'unique poète de l'Angleterre moderne; j'aimerais, quand vous allez à Venise, que vous eussiez un petit coup d'œil pour Tiepolo, j'aimerais, enfin, rencontrer dans votre œuvre mille choses que je n'y trouve pas. » Vous direz tout cela, mais M. Taine, ou l'un de ses disciples, vous répondra : « Vous n'avez pas l'esprit philosophique. » Car non seulement M. Taine est un savant, mais encore c'est un philosophe.

A notre époque, être philosophe c'est avoir un ou plusieurs systèmes pour expliquer le monde. M. Taine varie les siens, sans doute pour donner de l'agrément à ses livres. Voyez par exemple la renaissance chrétienne. C'est la contradiction complète du livre précédent, la renaissance païenne. Pourquoi ? c'est que M. Taine, s'il a une idée particulière pour faire son plan, n'a réellement que les idées ordinaires et pour ainsi dire obligées de son sujet. Dans la *Littérature anglaise*, ici l'éloge de la force et des instincts, là, de la contrainte et du sacrifice. Il subit Shakespeare, il subit de Foe; il les voit comme un sauvage peut voir un tableau. Ses citations en sont une preuve : comparez les citations si fines, si éclairantes de Sainte-Beuve, les plus longues ont une demi-page à peine; elles vous expliquent tout un auteur et une époque. M. Taine, lui, cite des volumes. La moitié de la littérature anglaise est faite de citations incohérentes, l'autre moitié d'amplifications. M. Taine se croit toujours à l'École normale, à faire un *devoir*. Une phrase en pousse une autre. Il se monte la tête en écrivant, comme les orateurs à la tribune. Il force l'expression pour donner de la couleur à son style; surtout il répète continuellement ses idées. Des pages ne sont que l'expression différente, retournée, transformée d'une même idée. Il n'y a même pas de développement. Souvent on piétine durant des chapitres sans faire un pas. Nuls livres aussi ne sont plus *feuilletables* que les siens. On ne perd rien en les lisant de la sorte. Quand on veut le lire lentement, les expressions sont tellement boursouflées et vides qu'on éprouve une lassitude. Il y a des gens à qui cela donne l'idée de la force, à moi cela me donne surtout l'idée de l'impuissance. *What a chattering!* dirait un Anglais, quel bavardage !

Et M. Taine écrivit ses impressions de voyage en France, aux Pyrénées, en Angleterre, en Italie ! C'est inouï ! Lui qui attendit quarante ans avant d'avoir une opinion politique, en un mois, quinze jours, une demi-journée, il avait ses opinions sur les villes, sur leur histoire, il connaissait leurs mœurs. Jamais on n'eut à la fois tant d'outrecuidance et de timidité. Il ne voyait pas ou voyait mal, il ne regardait et n'écoutait que par volonté, il lisait rapidement et au hasard, et tout de suite, sur un fait, il *s'essayait* à bâtir une théorie.

On a raconté l'histoire de l'homme qui a perdu son ombre. Mais combien plus étonnante est l'histoire de cette intelligence qui n'a plus de sens, de ce professeur qui veut juger la littérature, l'art des peuples et qui ne les voit pas ! Il s'en aperçoit bien un peu; comme il a été à l'école, qu'il a beaucoup lu et qu'il a la mémoire des mots, il fait des descriptions qui, quelquefois, peuvent tromper le grand nombre. Flaubert, Balzac, les tragiques anglais, Théophile Gautier surtout, lui fournissent ses couleurs; il peignait lourdement, grossièrement. « C'est étonnant », écrit ce pauvre Sarcey, « Taine à l'école n'avait aucun style. » Je ne m'imagine pas qu'il en ait jamais eu un. Il ne voulait pas ressembler aux « classiques » sans doute, et il se fiait à son génie. Mais s'il accumule les traits sans ordre, sans gradation, si tout est confus chez lui, il n'en reste pas moins un orateur qui plaide une cause, il cherche un effet, d'une autre façon sans doute que ses écrivains abhorrés, mais il le cherche, et, que voulez-vous, je préfère l'éloquence de Bossuet, celle de Joseph de Maistre, son grand ennemi, même celle de Massillon, à cette avalanche de citations et d'exemples mal soudés les uns aux autres et enjolivés d'un commentaire criard. La couleur, pour M. Taine, c'était une image d'Épinal.

Et ce désordre de la phrase on le retrouve dans ses plans. Oui, rien n'est plus artificiel que l'ordonnance de ce prétendu logicien. Voyez l'*Histoire de la littérature anglaise*. Il y a quatre ou cinq grandes lignes pour diviser les époques; il y a une dizaine de grands noms qui se dressent isolément comme des poteaux indicateurs; tout le reste est un grouillement confus, monotone, bien que l'auteur essaie d'entasser ses couleurs; c'est toujours du vert et du rouge, du rouge et du vert, et on finit par ne plus voir ni le rouge ni le vert.

Les traditions des temps, des génies, le mouvement lent et mystérieux qui transforme une société et une littérature, rien de tout cela n'est indiqué. Comment le roman de Fielding a-t-il donné naissance aux livres de Valentin et de Lewis, comment à Lewis succéda M. Austen, quels combats le puritanisme des clergymen et le libre naturalisme d'un Rowlandson se livrèrent dans la littérature et dans l'art, M. Taine ne le dit pas.

Cela sans doute eût dérangé ses théories. Ou peut-être, après tout, l'ignorait-il. M. Taine me semble toujours lire en vue de sa thèse. Ah ! ce n'est pas lui qui s'égarera dans les voies inconnues et qui fera des découvertes ! Il n'a jamais eu de curiosité. En revanche, si on n'est jamais surpris chez lui par les nouveautés, ses paradoxes ne laissent pas souvent d'étonner. Robert Burns, par exemple, est un admirable poète, mais quelle idée singulière de faire d'un écrivain de patois un chef d'école dans la langue littéraire !

M. Taine est un exemple redoutable de ce que produit une intelligence orgueilleuse lorsqu'on l'abandonne à ses fantaisies, lorsqu'elle prétend sortir du petit royaume humain d'idées et de faits où il lui est permis de voyager. C'est, je crois, le premier mécanique que nous ayons eu, j'entends par là qu'il est le premier dans notre littérature qui n'ait pas eu d'idées données par ses sensations, le premier qui ait vécu sur des mots et des lectures. Aujourd'hui, de tels cerveaux sont légion. C'est un triste honneur de les avoir devancés. Que vaut la science de tels hommes ? Évidemment rien. Ils sont conduits par une idée, et malgré eux, sans même s'en apercevoir, pour le plaisir de ne point blesser cette idée, ils faussent toutes les notions qu'ils reçoivent.

Quel successeur pour Sainte-Beuve, si modeste, trop modeste même, qui revient sans cesse sur des jugements de la veille pour les compléter, pour les modifier, lui qui fut jusqu'à la fin si humain, si délicat ! Je ne sais pas s'il lisait en entier les livres dont il parlait, mais comme il savait les feuilleter, les deviner, les respirer ! Quelle intuition merveilleuse des êtres les plus variés, et comme son amour les évoque devant nous ! M. Taine, lui, était hargneux et fermé à toutes choses, mais on le disait très savant, il portait beaucoup de mots dans son cerveau, il les déchargeait dans ses livres. Cela fit impression. On devint grave à son exemple sous prétexte de science et de philosophie. On composa de ces histoires qui ne concluent pas, comme si la science humaine devait être un interminable catalogue de faits, comme si elle avait d'autre raison d'être que de servir la vie immédiate et prochaine ! Mais la marque la plus « tainienne », la plus caractéristique du maître, ce fut le pédantisme, le pédantisme à la fois fumeux et fort en couleur. L'ours une fois avait bien dansé, une danse de ménagerie, et écrit *Graindorge*. Mais il ne recommença pas, et ses disciples jugèrent convenable de ne point ressembler au maître en cette posture fâcheuse. La grâce de l'esprit léger, ce sourire léger et adorable qui illumine jusqu'au dictionnaire de Bayle, le pesant magister les avait proscrits de notre littérature. Les reverrons-nous jamais ?

M. DE GONCOURT

OU

L'ATTENTE DES SENSATIONS RARES

(1880 — ...?)

M. DE GONCOURT OU L'ATTENTE DES SENSATIONS RARES (1880... ?)

LORSQU'ON allait demander à M. de Goncourt, après son étude sur Outamaro, des renseignements sur telles ou telles japonaiseries, il paraissait fort embarrassé. Je ne sais s'il eût distingué Hokousaï d'Hiroshighé, de Soukenobou. Il finissait par vous laisser entendre ceci : « Vous savez, c'est mon ami Hayashi qui m'a donné des notes sur l'art japonais. Moi, je ne m'y connais pas assez. »

M. de Goncourt était un homme chagrin, à qui il était arrivé, comme à Boileau, je ne sais quelle aventure sexuelle fort malheureuse; ayant quelques petites rentes, il se consolait en fréquentant les boutiques de bric-à-brac et les commissaires-priseurs; il achetait des papiers qui pouvaient être authentiques, mais n'avaient aucun intérêt; puis, rentré chez lui, à la lampe, il s'applaudissait de ses achats, les classait et en faisait des livres. Il réclamait parfois l'aide de son frère Jules qui, ayant de l'esprit, ne comprenait pas toujours ce que voulait son aîné, mais l'aidait par complaisance. A vivre toujours seul, sans femme, ne voyant ses amis qu'en passant, il tournait à l'égoïste orgueilleux et rancunier. Il était la terreur d'Alphonse Daudet qui se sauvait toujours lorsqu'il voyait apparaître son vieux confrère, la stature et l'air provocants sous ses cheveux blancs, la moustache en croc d'un colonel de cavalerie. Edmond de Goncourt n'en avait, à vrai dire que l'apparence, étant d'une nature tranquille, maladive et geignarde. Comme le public imagine toujours le contraire de la réalité, M. de Goncourt et Alphonse Daudet passaient auprès de lui pour des amis intimes; et il avait fini par le leur faire croire.

M. de Goncourt, parce qu'il se croyait gentilhomme et qu'il était célibataire, s'amusait à écrire sur les galanteries de Louis XV et les actrices du XVIIIe siècle; mais comme aussi il était d'un naturel grave et chagrin, il écrivait ces histoires galantes avec le sérieux d'un bollandiste racontant la vie des saints. Jamais on n'imaginerait que de tant d'aventures piquantes, libres, passionnées, tragiques, M. de Goncourt n'ait pu composer que ces insupportables livres qui s'appellent la « Duchesse de Châteauroux », « Mme de Pompadour », « La Dubarry ». On ne peut y voir qu'une utilisation de vieux papiers et de livres anciens, un désir de collectionneur de rentrer dans ses déboursés. Nul récit, nul caractère, nulle réflexion d'historien, nul portrait, nul relief. M. de Goncourt ne se croirait pas un historien sérieux s'il se donnait la peine d'exposer son sujet. On jurerait qu'il a fait la gageure d'être ennuyeux. Il vous mène dans les cuisines, il entrouvre les cabinets de toilette, il soulève les robes. Quant à vous faire voir des êtres vivants, il s'en abstient. Sophie Arnould, cette charmante femme, qui était la joie, l'esprit, la gaieté de son siècle, est devenue, en passant par le cabinet de travail de

M. de Goncourt, plus agaçante qu'une religieuse janséniste.

Mis en goût d'invention par ces publications de documents, ou peut-être poussé par son frère, Edmond de Goncourt s'adonna au roman moderne.

Cet homme qui n'eut de l'amour ni les rivalités savoureuses ni les regrets attendris, ce solitaire forcené s'imagina de conter, après ces soporifiques biographies du XVIIIe siècle, l'existence des jeunes femmes de son temps, passionnées, dévotes d'amour ou de mysticisme. Tant que Jules vécut, ces livres, sans être des chefs-d'œuvre, sans être même bien intéressants, composés à la diable, espèce de journaux décousus, qu'on ne sait par quel bout commencer, eurent assez de pagesspirituelles, fines, exquises même, pour faire passer les autres. Dans *René*

Mauperin, dans *Manette Salomon*, dans *Charles Demailly*, dans le premier acte d' « Henriette Maréchal » on trouverait de jolies choses à glaner. Jules se promenait, regardait, observait, récoltait des anecdotes malicieuses, esquissait des portraits amusants, puis reportait le tout à Edmond qui les encadrait de ses lourds et prétentieux commentaires.

En sa qualité de frère aîné, il tenait à apporter à la collaboration la part la plus précieuse; il donnait le tour littéraire, il dégageait l'esprit et la pensée des anecdotes, autant dire qu'il gâtait tout. Quand on lit certaines conversations de *René Mauperin* ou de *Manette Salomon*, écrasées par les pensées et les descriptions du frère, on songe à de jolis dessins du XVIIIe siècle découpés par un enfant et collés maladroitement sur son album d'images.

Cependant Jules mourut, et Edmond put, sans crainte désormais d'être contredit ni censuré, écrire à sa manière. La collaboration de Jules, qui seule donnait quelque prix à ses livres, avait fini par lui faire illusion et le gêner. C'est ce qui arrive toujours entre collaborateurs. Chacun croit tout faire et on arrive à ne plus souffrir le partage du travail. Edmond, misogyne et renfermé, s'imagina naïvement être le peintre de la *femme moderne.* Ce serait infiniment douloureux si ce n'était si comique; nul, en effet, ne le détrompa; il parvint à faire croire qu'il était né pour découvrir les plus secrètes délicatesses d'une âme féminine; et après le livre ridicule de la *Fille Elisa* parurent ces œuvres extravagantes, *La Faustin, Chérie,* où quelques bécasses prétendirent se reconnaître, subissant la suggestion d'une enfant devant son maître d'école.

M. de Goncourt, comme Thomas Diafoirus, ne trouve rien de plus galant qu'une dissection. Il me semble, à moi, que rien ne fait mieux comprendre un être que ses actes, mais M. de Goncourt estime qu'un homme est surtout intéressant lorsqu'il ne lui arrive rien; il supprime toute intrigue, même le plus léger événement; il veut connaître la sensibilité des gens lorsqu'ils ne sentent pas; comme certains pianistes, il adore les difficultés, il cherche l'impossibilité. Volontiers, il interrogerait les nourrices sur les facultés émotives de leurs nourrissons. L'enfant moderne qui est si aimable, si amusant dans les livres de Gyp ou de Mme Marni, devient dans *Chérie* une sorte de figure de cire où l'on a dessiné grossièrement les os et les entrailles, mais qui n'a plus ni apparence de vie ni séduction gracieuse.

M. de Goncourt, historien, critique d'art, romancier, demeura collectionneur. Il y a des amateurs de tableaux qui vous parleront avec admiration de tel primitif espagnol qu'ils ont découvert quelque part et qui ignorent les Vélasquez et les Murillo les plus célèbres : M. de Goncourt était pareil à eux. Il lui fallait du rare, de l'inédit, fût-il d'ailleurs insignifiant. Dans ses études sur les peintures du XVIIIe siècle, il ne se soucie pas du tableau, du dessin le plus admirable, mais du plus inconnu, et qu'il possède. Jamais il ne choisit le type le plus caractéristique, le trait humain, la passion ordinaire. Il ne prend pas de héros non plus. Ce serait de mauvait goût. Non : il nous peint des personnages vulgaires, sans distinction d'esprit ni de caractère, des mœurs basses et communes, mais il relève tout cela par des *sensations rares* et par un style plus rare encore; ainsi, pour certains bibliophiles, le contenu du livre importe moins que le papier et la reliure.

Cette recherche de la sensation rare est, si l'on veut bien y prendre garde, une preuve que l'on n'a pas de belles sensations ordinaires ou même que l'on ne sent rien du tout. Jamais un homme qui sent fortement ne fera, pour rappeler un paysage, ces ébauches de phrases si fréquentes dans le journal et les romans de notre écrivain. M. de Goncourt se dit : « Il faut que je voie cela », comme M. Taine se dit : « Il faut que j'admire cela. » Et en dépit ou à cause de cette notation des détails, tous les grands ensembles lui échappent; qu'on lise le *Journal du Siège*, le *Journal de l'Exposition*, le *Journal du Voyage en Italie*. M. de Goncourt surprend un détail, dans un musée, la corniche d'une maison, la statue d'une fontaine, et il ne voit pas un seul paysage, il n'a pas un seul aspect bien net de la ville devant les yeux.

C'est en somme la même maladie que celle de M. Taine, plus déguisée parce qu'on la soigne, mais infiniment plus douloureuse parce qu'elle est plus absorbante, parce que la pensée ne vient pas en arracher l'esprit. Et on peut remarquer qu'elle existe chez tous les descriptifs minutieux. Je ne parle pas de Balzac ni de Théophile Gautier qui ont parfois besoin de nous faire voir le détail d'une maison ou son décor. Mais, chez beaucoup, cette manie des longues descriptions vient soit d'une impuissance à sentir, soit d'une ignorance de la langue. En effet, chez les écrivains dont la sensibilité n'est pas encore émoussée, quelques expressions, quelques phrases rapides suffisent à peindre les objets.

On le voit chez les auteurs qui précèdent le romantisme : ils peignent rarement le monde extérieur, si ce n'est de quelques traits forts et prestement expressifs. Mais dès qu'une description devient nécessaire, ils la conduisent avec une telle précision qu'on imagine aussitôt ce qu'ils nous décrivent. De même les peintres, s'ils ne s'expriment pas toujours avec justesse, n'ont jamais cette incertitude, ni ces longueurs de la phrase, quand ils notent leurs sensations visuelles.

Les descriptions de M. de Goncourt ne sont que des indications pour un tableau faites par un écrivain maladroit, ce n'est pas la description littéraire d'un homme ému. Il semble que les impressions du nerf optique n'atteignent pas la sensibilité générale et ne vont pas à l'intelligence.

Nous avons observé que Taine n'avait point de sensations; que M. de Goncourt, lui, n'a que des « sensations rares » et n'arrive pas à les dominer; les grands hommes de la littérature font penser à un état-major d'invalides. Ah! nous sommes loin des génies du XVIIIe siècle, de la belle santé spirituelle d'un Gœthe ou d'un Diderot.

Parmi les aventures les plus comiques de cette vie, il faut citer le *Journal.*

Écrire un journal quand on a une existence mouvementée, pleine d'événements, quand on voit des hommes très divers, cela est intéressant; mais écrire son journal quand on vit chez soi et qu'on n'en bouge pas, quelle bizarrerie! Les jeunes demoiselles au couvent écrivent leur journal; c'est pour s'occuper. M. de Goncourt, malgré ses moustaches de colonel, avait aussi quelquefois la naïveté d'une jeune demoiselle.

M. de Goncourt écrivit donc son journal. Il notait ses états d'âme, et comme le chasseur à la passée il guettait la sensation rare. Il y avait aussi le dîner Magny. Sainte-Beuve, Saint-Victor, Renan, Flaubert et quelques autres écrivains dînaient de temps en temps avec M. de Goncourt. C'est par eux qu'il apprenait les nouvelles de cette planète. Il notait leurs conversations avec soin, et en commère quelquefois inintelligente qui entend un mot pour l'autre. De temps à autre quelque admirateur des « sensations rares » venait frapper chez M. de Goncourt et lui apporter ses hommages. M. de Goncourt notait encore la physionomie et la conversation de ces visiteurs. Puis il y eut, pour remplacer le dîner Magny, les séances au « grenier d'Auteuil ». M. de Goncourt, dans le haut de son petit hôtel, pour qu'on ne dérangeât pas les autres pièces, réunissait tous les fidèles. Enfin le « ménage » Daudet, le « ménage » Charpentier et le « ménage » Zola égayèrent sa vieillesse. Il aimait fort recevoir des écrivains; il se comparait à eux et se trouvait supérieur. Avec des bribes de causeries, des jugements tronqués, ses essais de sensations et de pensées, il composa neuf volumes. L'âme de Bouvard et Pécuchet, celle d'un vieux fakir, fat et ignorant le ridicule, habitaient ce corps de militaire.

Quand on venait lui demander des jugements sur les choses et les êtres, il renvoyait aux penseurs de profession, car en ce temps de division du travail, tous les écrivains ont leur spécialité. Sentir d'une manière rare, voilà quelle était sa spécialité, ou du moins celle qu'il se croyait et que tout le monde lui attribua.

Ses livres, romans ou journaux, ressemblent à une boutique de bric-à-brac; ce sont les épaves d'une intelligence naufragée : ici une idée, là une conversation, plus loin une description; rien ne se suit, rien ne s'enchaîne. La phrase elle-même n'est pas construite; M. de Goncourt s'essaie sous vos yeux à la bâtir et n'y arrive pas. Mais demandez à nos grands critiques : ce désordre est le signe du génie. Le sens de la composition en art est une qualité, paraît-il, inférieure, comme le jugement et l'ordre. On ne veut plus de généraux dans les armées, ni de roi à la tête des peuples; de même l'intelligence groupant les sensations est inutile à nos modernes.

L'extravagance et la bizarrerie paraissent, en ce temps de profonde ignorance et de complète inculture, les signes d'un haut esprit. M. de Goncourt eut ses imitateurs, même des imitateurs inconscients. A part ce pauvre Francis Poictevin qui devint fou, je ne crois pas qu'il ait eu réellement des disciples, mais on peut dire que la plupart des romanciers et des écrivains de théâtre ont subi plus ou moins son influence. La haine de l'ordonnance, le mépris de l'intrigue, de l'aventure, de la vie, du naturel; la recherche de la singularité; le dédain des passions fortes; l'indifférence aux ensembles; l'étude niaise du moi; l'aveuglement au monde extérieur, c'est proprement le goncourisme, et toute la littérature française en a été et en est encore malade.

Un délicieux écrivain, M. Jean Lorrain, a passé par le goncourisme, mais c'est à peine si la poussière du grenier d'Auteuil a souillé son manteau; il aimait trop vivre et regarder la vie pour imiter ces façons de nombriliste. Tous ses articles du *Journal*, tous ses croquis de femmes sont la peinture fine, exacte, malicieuse, d'un temps, quelque chose d'aussi précieux pour notre époque que l'est pour le XVIIe siècle Tallemant des Réaux. Quant à M. de Goncourt, son *Journal* a une valeur bien plus pathologique que morale et littéraire. Une comédie de Sardou, une lettre de Mérimée nous donnent plus la vision de l'époque que ces neuf volumes de fatras.

Ce qui est étrange, c'est que M. de Goncourt se réclame du XVIIIe siècle; s'il ne représente point son temps, il ne tient pas non plus d'une époque spirituelle, galante et vivante comme celle de Voltaire. Ce bourru prétentieux n'avait rien d'élégant ni de vraiment fin, je ne sais guère que l'*Angola* du chevalier de la Morlière qui ait pu l'inspirer, et encore La Morlière écrivait-il d'une façon claire et a-t-il l'air simple auprès de ce maniéré.

Le testament de M. de Goncourt est le seul fait de marque qui frappe dans cette vie singulière, mais monotone. M. de Goncourt, qui ne fut durant son existence qu'un collectionneur, voulut être un homme de lettres après sa mort et fonda une académie. Cette fondation a quelque chose d'aussi bizarre que le *Journal*, une académie a pour but de maintenir certaines traditions, de conserver, de développer, par une action commune, un art déterminé. Que voulait faire M. de Goncourt? Il n'a pas pris soin de nous le dire. Il est vraisemblable qu'il ne voulait pas qu'on y enseignât son art, car on n'enseigne pas à mal écrire, ni à mal penser.

Peut-être avait-il des doutes sur les qualités d'éternité de ses œuvres et crût-il avoir trouvé un moyen facile d'être immortel.

GUSTAVE FLAUBERT

OU

L'ARTISTE IMPECCABLE

(1856 — ...?)

GUSTAVE FLAUBERT
OU L'ARTISTE IMPECCABLE
(1856...?)

L'ÉCRITURE dit que le juste tombe sept fois par jour; mais on ne connaissait pas encore Flaubert à l'époque où la Bible fut rédigée. Je ne crois pas avoir jamais rencontré d'homme ni de femme impeccable, il me semble pourtant que si ce monstre, capable d'être toujours le même, se trouvait sur mon chemin, je le fuirais avec horreur. Que voulez-vous? je suis homme, et j'aime les hommes humains. M. Sienkiewicz, dans son roman de *Quo Vadis*, parle sans cesse de jeunes gens et jeunes filles qui sont *beaux comme des marbres*. Cette troupe élégante ne me séduirait pas. Moi, j'aime les marbres qui sont *beaux comme des êtres vivants*, voilà en quoi je diffère de M. Sienkiewicz et aussi de Flaubert qui avait cette conception d'un art et d'un style marmoréen. Je m'imagine que le style n'est qu'une imitation de la parole et qu'il n'a de beauté qu'autant qu'il en garde la liberté, le mouvement, le naturel. Flaubert passa toute son existence a désapprendre à parler. C'est une drôle de façon d'être un grand écrivain. Il n'imaginait pas un style, nous dit Guy de Maupassant, mais le style, c'est-à-dire une façon unique d'exprimer sa pensée.

Ainsi ce charme infini qu'on éprouve à retrouver un écrivain, un homme sous les lignes d'un livre, Flaubert prétend ne pas l'avoir, et de fait, d'un ouvrage comme *l'Éducation sentimentale* on ne sait quel est l'auteur; on devine un être ennuyeux, voilà tout. Je ne suis point de ceux qui blâment le travail de Flaubert et prétendent qu'on doit s'en passer. Bossuet n'a pas écrit *currente calamo* ses oraisons funèbres, ni Montesquieu ses *Lettres persanes*, ni Balzac ses romans, ni Mérimée ses contes. Pourquoi? c'est qu'ayant à dire des choses fortes et profondes, fines et délicates, ils ne trouvaient pas toujours de suite le moyen d'exprimer toute cette délicatesse, toute cette force qu'ils ressentaient. Pour Flaubert, il ne s'agit point d'exprimer quelque chose, mais de réaliser un idéal absurde, dément. Flaubert est fou quand se produit une répétition de mots, quand certains verbes qui forment l'armature de la phrase française, *faire*, *être*, *avoir*, se rencontrent trop souvent sous sa plume; les *qui* et les *que*, qui permettent à une pensée de se développer dans toute son ampleur, le bouleversent. Autant dire qu'il souffre d'une sorte de phobie littéraire spéciale, une certaine crainte absolument maladive analogue à celle d'un musicien qu'une note ou qu'un accord rendent épileptique, car je ne vois pas pourquoi un mot répété serait plus désagréable que deux notes qui se suivent ou reviennent dans une phrase musicale. Le radotage de la même pensée seul est à éviter, mais souvent la même idée doit revenir dans l'expression de deux ou trois pensées différentes, et par suite le même mot.

La vérité c'est que Flaubert s'est fait du style l'idée la plus puérile et la plus insensée, c'est qu'il ignore le véritable génie de la langue, ses sens délicats et souples, enfin cet art des valeurs qui seul indique le grand écrivain, et qu'il méprise avec la plupart des autres modernes, avec le Parnasse, avec les romantiques. Il n'y a réellement pas de mot dans une langue qui soit banal ni inutile, pas de mot usé, avili, qui ne puisse servir une fois, et il n'est pas d'image si belle, d'expression neuve et juste, qui ne soit ridicule dans certaines occasions. Pour mieux dire, les mots ne sont que des serviteurs et l'art de l'écrivain est de deviner les services spéciaux qu'ils doivent rendre, comment ils doivent s'effacer ou paraître, jouer leur rôle avec arrogance ou avec humilité. Flaubert a peut-être créé, et en cela réside toute son originalité, ce style brutal, sans nuances, où tout est au même plan, où il se soucie bien plus de dire les choses d'une façon neuve que de les exprimer d'une façon juste.

Or l'invention du style doit être spontanée, sous peine de ne rien valoir, les images doivent naître avec la pensée et ne point venir en étrangères et à sa suite pour la rendre pompeuse. De même qu'il y a lieu de reprocher à Taine son manque de sensation, à Goncourt sa recherche de sensation, il faut reprocher aussi à Flaubert son absence d'imagination.

Je sais que je vais me faire honnir ou mépriser pour dire de telles choses, qu'importe. J'ai la conviction de voir juste, et, après tout, les défenseurs de Taine, de Goncourt et de Flaubert ne les ont sans doute pas lus et pratiqués comme moi : il est vrai qu'ils n'avaient peut-être pas non plus de contre-poison pour les préserver.

Si quelques jeunes gens, auxquels on enseigne à l'université, dans les brasseries ou les salons, que ces trois personnages sont de grands hommes, pouvaient lire ces pages et avoir l'envie de douter un peu de ces prétendues divinités, je n'aurais pas perdu mon temps. Il ne faut pas avilir ni compromettre nos admirations, mais les réserver.

Relisons l'ennemi de Taine, Joseph de Maistre, relisons Balzac, relisons Michelet, Stendhal, Mérimée, Renan, relisons même le vieux père Dumas et la vieille Sand. Ceux-là sont des écrivains nés; ceux-là ont écrit parce que l'ivresse des choses qui était en eux les rendait généreux et avides de se prodiguer, parce qu'ils avaient à faire part à tous de leur joie. Mais cet écrivain qui passe six ans avec des êtres qu'il méprise, six ans à créer de vilaines gens comme son Homais, dans quelle classe de maniaque pourrait-on le ranger ! Croyez-vous que s'il avait eu de l'imagination, s'il avait senti comme Balzac s'agiter en lui tout un peuple de héros, il se serait appesanti dans sa haine, roulé dans son mépris ? Il eût crayonné une figure amusante comme Gaudissart ou dressé des statues terribles comme les grands avares de Balzac, le père Grandet, le père Hochon, Gobseck : non, si Flaubert a donné à la fois tant d'importance et tant de bassesse à ses héros, c'est qu'il ne les voyait pas si étrangers et ne se sentait pas lui-même à l'abri de leurs ridicules : il y a du Bouvard et Pécuchet dans Flaubert.

Camille Mauclair a écrit une curieuse étude où il représente l'auteur de *Madame Bovary* comme un esprit chrétien qui s'impose une perpétuelle contrainte. L'idée est ingénieuse, mais je ne la crois point juste. Personne, et les saints non plus que les ascètes, ne s'impose de contrainte; on suit son génie, son instinct. Si Flaubert pouvait indifféremment passer six ans avec Mme Bovary, le pharmacien Homais, le curé Bournisien, et six ans avec Salammbô, Matho, Hamilcar, des années avec Frédéric Moreau, et des années avec saint Antoine, c'est en somme que tous ces personnages lui importaient moins que l'habit qu'il voulait leur donner.

Être artiste, c'est-à-dire faire de belles phrases sonores et creuses, tel était son rêve. Il s'attelait à la voiture du docteur

Bovary comme au char carthaginois. Il s'impatientait seulement contre Homais dont il avait peur. En effet, il y a dans son genre de travail non point de l'artiste, mais du bureaucrate. Il se donne une tâche quelconque, bizarre, difficile, et il l'accomplit : on dirait un exercice de volonté, une gageure.

M. Bourget a écrit des pages sensationnelles sur le romantisme et le féminisme de Flaubert, mais Flaubert n'était point romantique et ne vivait point par l'imagination, sinon quand il écrivait à Mme Colet. Pourquoi, libre et riche, n'a-t-il jamais fait de grand voyage, si ce n'est une fois poussé par Maxime du Camp ? Pourquoi a-t-il passé toute sa vie à Croisset sans bouger ? On alléguera sa maladie (il était épileptique), son affection pour sa mère, mille choses.

En réalité, l'homme comme l'écrivain chez lui sont pleins de torpeur, et son imagination est bien froide qui ne peut l'entraîner.

Tout son lyrisme en effet est plaqué sans goût, d'une façon artificielle, dans les passages où justement la scène demande à être simplement décrite. Lisez par exemple la mort d'Emma Bovary : « Sur la fosse, entre les sapins, un enfant pleurait agenouillé, et sa poitrine, brisée par les sanglots, haletait dans l'ombre, *sous la pression d'un regret immense, plus doux que la lune et plus insondable que la nuit.* »

Comme toutes ces scènes d'amour, de douleur et de mort, écrites dans le même style glacé, précis, méticuleux, symétrique, sont fatigantes ! Dans un paysage, même par le plus lumineux soleil, il y a des fonds vaporeux, il y a de l'ombre, si légère fût-elle, ombre d'arbre, ombre de nuage. Chez Flaubert tout est au même plan, dans la même clarté. Nul trait n'est insinué, suggéré; les phrases se déroulent et se succèdent d'un mouvement mécanique et égal, dans une aveuglante et monotone netteté.

La « poésie » de *Madame Bovary*, de *Salammbô*, lui avait paru déplacée; et sans peine, parce que ce n'était chez lui qu'un procédé, il use, dans l'*Éducation sentimentale*, d'un style plat, aussi méticuleux que le premier, mais sans précision, incorrect, boursouflé, un style à la Homais. « L'infamie, dont le rejaillissement l'outrageait » est un des ornements de la nouvelle manière, et la promenade à Fontainebleau, où deux amants bâillent d'ennui, le plus délicieux épisode du livre.

Si Flaubert avait gardé pour lui ce genre exécrable, on lui eût pardonné, mais il est devenu chef d'école. Tout le naturalisme et tout le Parnasse l'ont accepté pour un maître. L'émotion a été regardée pendant un demi-siècle comme une vulgarité en art. Musset abhorré, les parnassiens, dont Alphonse Daudet et Paul Arène se sont si joliment moqués, cherchèrent à la suite de Leconte de Lisle *des sujets qui ne les inspiraient pas*, des sujets où ils pouvaient être des artistes impeccables, c'est-à-dire de soporifiques versificateurs. Même dans *l'Assommoir* où Zola a de si heureuses trouvailles d'expressions familiales et populaires, il lui faut retourner à cette langue sacerdotale, solennelle, pédante, et faire éclater comme des chants d'enterrement au milieu des scènes bigarrées, pleines de vivacité et de mouvement.

Le style Flaubert a été moins funeste encore que son esprit, si on peut appeler ainsi la lourde et triste raillerie, l'espèce d'ironie pesante et féroce qu'on retrouve dans tous ses livres modernes. Je crois bien que c'est une nouveauté dans la littérature que cette haine d'un auteur pour ses héros, et ce plaisir de dessiner sans fin des êtres antipathiques. Les Hollandais ont peint des buveurs ivres, de grasses commères sans coquetterie; Cervantès nous a montré des brigands et des catins, Callot a dessiné des gueux, et il est certain que tous ont pris plaisir à nous présenter leurs personnages. Il faut arriver à notre temps pour trouver des auteurs qui s'ingénient à immortaliser leur dégoût. Flaubert est peut-être responsable de certains livres d'Huysmans qui, dans *Les Sœurs Vatard*, laissait voir des dispositions moins pessimistes; et c'est de lui que Maupassant tient cette phrase carrée, sans pénombre, comme ce dégoût et ce mépris des êtres qui rendent si douloureuse son œuvre. On peut dire que Flaubert a empoisonné pendant quarante ans la littérature française et des écrivains qui valaient mieux que lui.

Son talent seul, qui était médiocre, sa pensée qui était celle d'un enfant — sa correspondance le prouve bien — n'eussent point suffi à l'imposer, mais la foule, comme cela a lieu dans ces tristes temps de démocratie, donna son opinion la première et y soumit les artistes. Les femmes amoureuses qui cherchent toujours un livre pour y retrouver leur passion se jetèrent sur *Madame Bovary*, comme elles s'étaient jetées sur *Paul et Virginie*. Leur fantaisie se joua autour de ce terne adultère. Jules Sandeau avait eu un succès pareil avec sa *Marianna* et Feydeau devait en retrouver un plus tard avec *Fanny*. En somme, sauf *Marianna*, qui est mal écrite, mais pleine de passion, tous ces livres sont sans humanité, et le caprice et la nervosité des femmes oisives leur a beaucoup prêté, mais l'âme en est absente. Ah ! comme nous sommes loin de *Manon Lescaut* !

LE NIETZSCHISME

(1898 — ...?)

Le Nietzschisme
(1898... ?)

Nietzsche n'est point une idole; c'est une superbe intelligence et surtout une âme magnifiquement poétique, mais comme les plus belles barques traînent parfois des herbes immondes, Nietzsche traîne après lui le nietzschisme. Il lui arrivera ce qui est arrivé à Voltaire, ce qui arrive à Wagner, c'est que ses disciples empêcheront de l'admirer. Les voltairiens sont morts, et les bons esprits peuvent recommencer à lire Voltaire sans avoir la grotesque vision de cet homme ennemi de la poésie et des religions, liberâtre et déiste, solennel et riant jaune, qui de 1725 à 1730 faisait la guerre aux jésuites, aux préjugés, défendait la Charte et respectait les mœurs en caressant sa bonne. Le nietzschisme mourra-t-il ? Cela est probable. Espérons toutefois que nous n'attendrons pas un siècle pour pouvoir lire Nietzsche en paix sans avoir devant nous un imbécile qui nous crie : « J'ai découvert le monde ! » parce qu'il a lu un contre-sens du philosophe chez un de ses traducteurs.

Aujourd'hui, la plupart des traducteurs font leurs traductions comme ils feraient de la dactylographie. Ils s'imaginent que pour traduire un poète ou un philosophe d'une langue dans une autre, il suffit de les savoir passablement toutes les deux. Quand on les parle avec facilité, on se croit tout désigné pour une telle tâche.

Bien autre chose est nécessaire pourtant ! Lisez les traductions des classiques grecs et latins, comme vous y engagent ces excellents professeurs ennemis des langues anciennes ; vous ne trouverez dans Aristophane, dans Euripide, dans Sophocle, dans Virgile, dans Horace et dans tous, que des niaiseries et des platitudes ; ces traductions, quand elles ne sont pas faites par un poète ou un artiste, sont comme la momie d'une belle femme, comme les pétales desséchés d'une fleur : c'est du génie tombé en putréfaction. Il faut avoir l'âme de Virgile pour enlever à la poésie du Mantouan sa robe latine.

Même bien traduite, comme l'est le livre *Humain, trop humain*, par M. Desrousseaux, l'œuvre de Nietzsche est incomprise. Il vaudrait mieux que les lecteurs allemands ne la lussent point, car ils la lisent mal.

Je me souviens de la joie que j'éprouvai il y a une dizaine d'années en ouvrant mon premier livre de Nietzsche.

Comme on était loin, avec lui, des petites timidités de pensée, du misérable esprit de servitude moderne ! Ce fut tout de suite pour moi un ami — un maître ? non — car Nietzsche a des maîtres qu'il est facile de connaître et qu'on peut lui préférer, depuis Aristippe jusqu'à Voltaire, depuis Machiavel jusqu'à Hobbes et La Rochefoucauld. Il n'a peut-être point lu le marquis de Sade et pourtant sa philosophie se rapproche de celle du célèbre écrivain érotique, qui n'est point, comme on l'a dit, un amas de divagations, mais un système très intéressant où Sade semble avoir condensé, clarifié et développé l'œuvre de La Mettrie et d'Helvétius. Il a certainement lu Joseph de Maistre; enfin il emprunte à Taine, à Carlyle, à Renan, à Sainte-Beuve, bien qu'il semble mépriser ces trois derniers écrivains. La pensée de Nietzsche n'est donc pas originale, et sa forme n'est pas toujours du meilleur goût. Il y a en lui non pas du germain, mais du slave et du slave mystique, et on sent aussi le fils du pasteur et le professeur de philosophie qui parle en prophète et en homme habitué à ce qu'on ne discute pas ses jugements, même lorsqu'il ne se donne pas la peine de les motiver. La fin de *Zarathoustra*, le « Chant de minuit », est certainement de la folie pure. Que valent aussi sa théorie du surhomme et ses hymnes tristes au plaisir ?

Et pourtant vous l'aimez, direz-vous. Oui, je l'aime, je l'aime pour tout ce qu'il y a dans son œuvre d'encouragement à vivre, je l'aime pour son grand cantique à la nature, bien que ce soit le cantique d'un protestant, je l'aime parce qu'il n'a rien des superstitions modernes et qu'il est d'une parfaite irrévérence, comme doivent l'être tous les grands esprits aux nouvelles idoles de la démocratie, à ses prétendus grands hommes et à ses dieux et déesses : sainte Morale, sainte Science, sainte Hygiène, sainte Dignité, saint Progrès, saint Socialisme, etc. Mais il faut faire avec Nietzsche comme le seigneur Pococurante faisait avec les anciens, n'admirer que ce qui est vraiment admirable, ne prendre que ce qui est à votre usage. Nietzsche, comme Schopenhauer, est un moraliste plein d'aperçus ingénieux, singuliers, ce n'est pas un philosophe; j'entends par là qu'il n'a pas une conception neuve ni unique du monde, qu'il ne se soucie pas de se contredire de page en page. L'âme de Nietzsche si vibrante, si clairvoyante par instants, est pleine de séductions, l'esprit de Nietzsche, je m'en défie. Mais le système, en somme, importe peu; la philosophie, si contestable soit-elle, n'empêche pas l'action profonde d'une œuvre. C'est le caractère d'un écrivain, sa *nature*, qu'il faut considérer, et non pas sa pensée.

C'est pourquoi Nietzsche a eu tort d'attaquer Wagner pour son pessimisme. Wagner le déchire à chaque instant par la force même de son génie; c'est à peine si *Parsifal*, œuvre de vieillesse, est un chant de douleur, mais comme il y a plus de joie véritable dans l'œuvre de Wagner, dans les *Maîtres Chanteurs*, dans *Siegfried*, même dans *Tristan* et *Tannhauser*, que dans les pages les plus riantes de Nietzsche !

A qui donc doit aller Nietzsche ? — A quelques-uns, aux êtres de même famille, qui ont besoin de correspondre, eux, au-dessus de la mêlée humaine. Il y a dix, vingt, trente esprits par le monde que Nietzsche peut rendre heureux, qui trouveront en lui encouragement pour leurs propres pensées, et une consolation de leur solitude spirituelle. Ce ne sont pas des nietzschistes. Nietzsche a dit lui-même qu'il ne voulait pas de disciple. Ce sont des hommes qui ont à peu près la même façon de sentir l'existence. Ce sont surtout des êtres qui ont une grande œuvre à parfaire, un grand effort de volonté à donner. Je m'imagine qu'un jeune Bismarck, encore indécis, peut avoir profit à lire Nietzsche. On sait que Stambouloff lisait presque tous les soirs le *Prince* et le *Discours sur Tite-Live*. Certaines pages de *Humain, trop humain* l'eussent réconforté, s'il avait eu des doutes sur son œuvre. Mais, en réalité, et dès le début de leur existence, les grands hommes d'action n'ont point d'incertitudes ni de remords. Ils se sentent emportés dans un mouvement irrésistible; tout leur effort est d'aller à droite ou bien d'aller à gauche, et ils le donnent d'instinct. Napoléon Ier ne commença à réfléchir que durant la campagne de Russie, et le résultat de ses hésitations fut la sanglante bataille de Borodino. Quand l'homme d'action se repose, il lui faut des actions, plus merveilleuses aussi, plus étonnantes que celles qu'il peut accomplir. C'est pourquoi les hommes d'État lisent des romans d'aventures. Lord Salisbury lit Dumas père, Bismarck lisait Ponson du Terrail, Napoléon III Bulwer-Lytton.

Mais si Nietzsche ne peut parvenir toujours directement où il devait espérer d'aller, son esprit pour cela ne sera pas stérile; des hommes prendront sa place, qu'il a encouragés mystérieusement et dont il a doublé la force vitale et la volonté.

Les hommes de la race de Nietzsche sont surtout des artistes. C'est par eux qu'il peut agir d'une façon efficace et noble.

Il est bien certain, au contraire, que l'influence de Nietzsche sera désastreuse dans la foule; elle commence déjà de l'être. Par foule je n'entends pas l'ouvrier, le manœuvre qui certainement ne lisent pas son œuvre, bien que certaines pages puissent leur être utiles, mais cette foule de faux hommes de lettres, de professeurs de hasard et de parvenus niais qui ne font point partie de cette classe d'honnêtes gens auxquels s'adressent de tels livres. Nietzsche a prêché l'orgueil et l'égoïsme et il a eu raison dans les circonstances où il l'a fait, dans une époque de socialisme effroyable et dans un renouveau de christianisme humble et pleurnichard. Il s'adressait à des êtres qui ont le devoir de ne regarder que leur personne parce que mille intérêts en dépendent, et qu'ils servent réellement le monde entier en ne pensant qu'à eux-mêmes. Peut-être aussi était-ce une bataille contre lui-même qu'il livrait secrètement, une lutte contre son génie et son humanité. Il n'y a rien que de noble dans son œuvre, je dirais même, si le mot ne lui avait pas toujours été si antipathique, qu'il y a en lui un sauvage héroïsme. L'égoïsme et l'orgueil ne sont ni bons ni mauvais. Ils dépendent des êtres qui les emploient.

Imaginez l'égoïsme et l'orgueil de certains niais; et voyez comment le nietzschisme, compris par un parti politique, devient ridicule. L'honnête homme est obligeant par devoir, simplement, sans larmes et sans pitié. L'homme bas ne voit pas les liens qui l'unissent aux autres êtres, il agit pour lui-même; seulement, autrefois, il y avait une vieille morale qui lui faisait honte de sa vilenie, et parfois l'orgueil le rendait humain. Ce sera le contraire à présent; on a déjà le sentiment de cette barbarie effrayante qui va dominer le monde. Les mots de charité et d'humanité ne retentissent plus que dans les discours politiques, parce qu'ils ne représentent plus rien pour personne. Les êtres qui sont faits pour servir, pour s'humilier, pour s'effacer, vont peu à peu prendre une arrogance stupide et dangereuse. Et les riches et les puissants, de plus en plus, oublieront leurs devoirs, leur raison d'être en ce monde; ils confondent dans leur haine ou leur indifférence démocratie et peuple, le simple travailleur qui va noblement et heureusement à sa tâche et l'imbécile braillard des réunions publiques qui songe à réformer l'univers.

C'est sans doute pour ces mauvais lecteurs que Nietzsche avait écrit cette page :

« Une culture supérieure ne peut vraiment naître que là où la société forme deux classes distinctes : celle des travailleurs et celle des oisifs, capables d'un véritable loisir; ou, pour mieux dire, la classe du travail forcé et la classe du travail libre. La question de la répartition du bonheur n'est donc pas capitale quand il s'agit de produire une culture supérieure. Dans tous les cas, la classe des oisifs est la plus apte à souffrir, est celle qui souffre le plus; son contentement, son plaisir de l'existence est moindre, sa tâche est plus grande. Et quand un échange entre les deux classes a lieu, de telle sorte que les familles et les individus moins affinés, moins intelligents, sont transplantés de la classe supérieure dans la classe inférieure et que, d'un autre côté, les hommes les plus libres de celle-ci obtiennent l'accès de la classe supérieure, on arrive à cet état au delà duquel on ne voit plus que la vaste mer des désirs infinis. C'est ainsi que nous parle la voix mourante de l'ancien temps, mais où se trouve-t-il encore des oreilles pour l'entendre ? »

Il dit encore :

« Ce que les hommes et les femmes de race ont de supérieur aux autres et ce qui leur donne un droit indéniable à une estime plus haute, ce sont deux arts perfectionnés de siècle en siècle par héritage : l'art de savoir commander et l'art de l'obéissance fière. Or partout où le commandement devient une tâche quotidienne comme dans le monde commercial et industriel, il se produit quelque chose d'analogue à la race, mais il manque toujours le grand art de l'obéissance qui chez les autres est un héritage d'un état de choses féodal et que n'autorise plus le climat de notre civilisation. »

Des droits sans devoirs, un orgueil bas devant les hommes, nullement atténué par cette modestie humaine que produit la religion ou la simple conscience du monde, Nietzsche a bien vu les plaies de la société moderne, mais il ne se doutait pas qu'il allait les agrandir. Quand créera-t-on pour les philosophes une langue inaccessible aux traducteurs de commerce et aux lecteurs d'occasion !

TABLE DES MATIÈRES

LE CULTE DES IDOLES

Achevé d'imprimer
le dix octobre mil neuf cent vingt-neuf
par
les Imprimeries Lainé et Tantet
pour
JACQUES BERNARD
éditeur de
LA CENTAINE

www.ingramcontent.com/pod-product-compliance
Ingram Content Group UK Ltd.
Pitfield, Milton Keynes, MK11 3LW, UK
UKHW021107260726
13994UKWH00002B/762

9 782329 424880